Kaukai ir batsiuvys
The Elves and the Shoemaker

retold by Henriette Barkow

illustrated by Jago

Lithuanian translation by Deimante Dambrauskiene

mantra lingua

Vieną kartą gyveno batsiuvys su žmona. Jis sunkiai dirbo, bet mados keitėsi ir žmonės daugiau nebepirko jo pagamintų batų. Jis vis labiau ir labiau skurdo. Galų gale jam liko vienut vienutėlis gabalas odos paskutinei batų porai pagaminti.

Once there lived a shoemaker and his wife. He worked hard, but fashions changed and people didn't buy his shoes any more. He became poorer and poorer. In the end he only had enough leather to make one last pair of shoes.

Čirkšt, čirkšt! Jis sukirpo odą dvejiems batams pagaminti.

Snip, snip! He cut out the shapes of two shoes.

Sukirptą odą batsiuvys padėjo ant darbo stalo, kad sekantį rytą galėtų imtis darbo.

He left them on the workbench ready to start sewing in the morning.

Sekančią dieną, nusileidęs laiptais žemyn, jis rado
nuostabią batų porą. Batsiuvys kilstelėjo juos apžiūrėti.
Kiekvienas dygsnis buvo puikiai susiūtas.
- Kas pagamino šiuos batus? – susimąstė jis.

The next day, when he came downstairs, he found… a beautiful pair of shoes.
He picked them up and saw that every stitch was perfectly sewn.
"I wonder who made these shoes?" he thought.

Kaip tik tuo metu į parduotuvę įžengė moteris.
- Kokie nuostabūs batai! – pasakė ji. – Kiek jie kainuoja?
Batsiuvys pasakė kainą, bet ji sumokėjo jam dvigubai daugiau,
negu jis prašė.

Just then a woman came in to the shop. "Those shoes are gorgeous,"
she said. "How much are they?"
The shoemaker told her the price but she gave him twice the money
he had asked for.

Dabar batsiuvys turėjo pakankamai pinigų nusipirkti maisto ir odos dviems poroms batų pagaminti.

Now the shoemaker had enough money to buy food and some leather to make two pairs of shoes.

Čirkšt, čirkšt! Čirkšt, čirkšt!
Jis sukirpo odą keturiems batams pagaminti.

Snip, snip! Snip, snip!
He cut out the shapes of four shoes.

Jis padėjo odą ant darbo stalo,
kad sekantį rytą galėtų imtis darbo.

He left them on the workbench ready
to start sewing in the morning.

Sekančią dieną, nusileidęs laiptais žemyn, jis rado dvi poras nuostabių batų.
- Kas pagamino šiuos batus? – pagalvojo jis.
Tuo pat metu į parduotuvę įžengė vyras ir moteris.
- Pažiūrėk į šiuos batus, - tarė vyras.
- Čia kaip tik viena pora man ir viena pora tau. Kiek kainuoja šie batai?
– paklausė moteris.
Batsiuvys pasakė jiems kainą, bet jie sumokėjo jam dvigubai daugiau, negu jis prašė.

The next day, when he came down the stairs, he found... two beautiful pairs of shoes.
"I wonder who made these shoes?" he thought.
Just then a couple came in to the shop. "Look at those shoes," said the man.
"There is one pair for you and one pair for me. How much are they?" asked the woman.
The shoemaker told them the price, but they gave him twice the money he had asked for.

Dabar batsiuvys turėjo pakankamai
pinigų nusipirkti daugiau maisto ir odos
keturioms poroms batų pagaminti.

Now the shoemaker had enough money to buy more
food and some leather to make four pairs of shoes.

Čirkšt, čirkšt! Čirkšt, čirkšt! Čirkšt, čirkšt! Čirkšt, čirkšt!
Jis sukirpo odą aštuoniems batams pagaminti. Jis padėjo
odą ant darbo stalo, kad iš ryto galėtų imtis darbo.

Snip, snip! Snip, snip! Snip, snip! Snip, snip!
He cut out the shapes of eight shoes. He left them on
the workbench ready to start sewing in the morning.

Sekančią dieną, nusileidęs laiptais žemyn, jis rado keturias puikias poras batų.

- Kas pagamino šiuos batus? – vėl susimąstė jis.

Kaip tik tuo metu į parduotuvę įžengė šeima.

- Oho! Pažiūrėkite į šiuos batus! – sušuko berniukas.

- Čia kaip tik viena batų pora tau ir viena batų pora man, – pasakė mergaitė.

- Ir dar batų pora mamai ir batų pora tėčiui, – tarė berniukas.

- Kiek kainuoja šie batai? – paklausė tėveliai.

Batsiuvys pasakė jiems kainą, bet jie sumokėjo dvigubai daugiau, negu jis prašė.

The next day when he came down the stairs he found... four beautiful pairs of shoes.

"I wonder who made these shoes?" he thought.

Just then a family came in to the shop.

"Wow! Look at those shoes!" said the boy.

"There is a pair for you and a pair for me," said the girl.

"And a pair for mum and a pair for dad," said the boy.

"How much are they?" asked the parents. The shoemaker told them the price, but they gave him twice the money he had asked for.

Nuo to laiko kiekvieną vakarą batsiuvys sukirpdavo odą naujiems batams ir kiekvieną rytą jis rasdavo puikiai pasiūtus, nuostabius batus. Jie buvo įvairių modelių ir dydžių, batai vyrams ir bateliai moterims, batai berniukams ir mergaitėms, dideli batai ir maži batukai, aulinukai ir šlepetės. Tai buvo geriausi batai visoje šalyje.

Now every evening the shoemaker would cut out the leather for new shoes and every morning there would be perfectly stitched beautiful shoes of all shapes and sizes - shoes for men and shoes for women, shoes for boys and shoes for girls, big shoes and small shoes, boots and slippers. They were the best shoes in the land.

Kai naktys pasidarė ilgesnės ir šaltesnės, batsiuvys vėl susimąstė, kas gi vis dėlto galėtų gaminti šiuos batus.

Čirkšt, čirkšt! Čirkšt, čirkšt! Batsiuvys sukirpo odą naujiems batams gaminti.

Sugalvojau, – pasakė jis savo žmonai. - Neikime šiąnakt miegoti ir sužinokime kas gamina šiuos batus. Taigi batsiuvys ir jo žmona pasislėpė už lentynų.

Atėjus vidurnakčiui pasirodė du maži žmogučiai. Tai buvo kaukai.

As the nights became longer and colder the shoemaker sat and thought about who could be making the shoes.

Snip, snip! Snip, snip! The shoemaker cut out the leather for the shoes.

"I know," he said to his wife, "let's stay up and find out who is making our shoes." So the shoemaker and his wife hid behind the shelves.

On the stroke of midnight, two little men appeared.

Jie užsiropštė ant batsiuvio darbo stalo ir... Šuš, šuš! pradėjo siūti.

They sat at the shoemaker's bench. Swish, swish! They sewed.

Tuk, tuk! ...stukseno jie plaktuku. Jų maži pirštukai dirbo taip greitai, kad batsiuvys negalėjo patikėti savo akimis.

Tap, tap! They hammered in the nails. Their little fingers worked so fast that the shoemaker could hardly believe his eyes.

Šuš, šuš! Tuk, tuk! Jie dirbo nesustodami, kol pagamino visus batus.
Baigę darbą kaukai nušoko nuo stalo ir nubėgo sau.

Swish, swish! Tap, tap! They didn't stop until every piece of leather had been made into shoes.
Then, they jumped down and ran away.

- Ojojoj, vargšeliai kaukučiai! Jiems turėtų būti šalta vilkint tuos
skarmalus, – tarė batsiuvio žmona. - Jie padėjo mums sunkiai
dirbdami, o patys negavo nieko. Mes turime jiems kaip nors atsidėkoti.
- Bet kaip? – paklausė batsiuvys.
- Jau žinau, – atsakė žmona. - Aš pasiūsiu jiems šiltus rūbelius.
- O aš pagaminsiu jų sušalusioms, pavargusioms kojytėms naujus
batus, – nusprendė batsiuvys.

"Oh, those poor little men! They must be so cold in those rags," said the wife.
"They have helped us with all their hard work and they have nothing.
We must do something for them."
"What do you think we should do?" asked the shoemaker.
"I know," said the wife. "I will make them some warm clothes to wear."
"And I will make them some shoes for their cold, bare feet," said the shoemaker.

Sekantį rytą batsiuvys ir jo žmona neatidarė savo parduotuvės
kaip įprastai. Jie dirbo visą dieną, bet ne batus jie pardavinėjo.

The next morning the shoemaker and his wife didn't open the shop as usual.
They spent the whole day working but it wasn't selling shoes.

Klip, klip! Batsiuvio žmona
numezgė du mažus megztinukus.
Klip, klip! Dar ji numezgė dvi
poras vilnonių kojinių.

Clickety, click! The shoemaker's
wife knitted two small jumpers.
Clickety, click! She knitted two
pairs of woolly socks.

Šuš, šuš! Šuš, šuš!
Ji pasiuvo dvejas šiltas kelnes.

Swish, swish! Swish, swish!
She sewed two pairs of warm trousers.

Batsiuvys paėmė geriausios odos gabalą.
Čirkšt, čirkšt! Čirkšt, čirkšt!
Jis sukirpo tą odą dvejoms mažytėms
poroms batų pagaminti.

The shoemaker took the
best leather he had.
Snip, snip! Snip, snip!
He cut out leather for
two tiny pairs of shoes.

Šuš, šuš! Šuš, šuš!
Jis pasiuvo keturis mažus batukus.
Tuk, tuk! Tuk, tuk!
Jis prikalė kiekvienam batukui padus.
Tai buvo patys šauniausi batai,
kuriuos jis buvo kada pagaminęs.

Swish, swish! Swish, swish!
He stitched four small shoes.
Tap, tap! Tap, tap!
He hammered the soles onto each pair.
They were the best shoes he had ever made.

Tą patį vakarą batsiuvio žmona padėjo ant darbo stalo du megztinius, dvejas kelnes ir dvejas poras kojinių. Batsiuvys vietoje sukirptos odos ant darbo stalo padėjo nuostabius batus. Tada jie vėl pasislėpė už lentynų ir ėmė laukti.

That evening the shoemaker's wife placed two jumpers, two pairs of trousers and two pairs of socks on the workbench. The shoemaker placed four perfect shoes on the workbench instead of the leather for making shoes. Then they hid behind the shelves and waited.

Laikrodžio dūžiams paskelbus vidurnaktį pasirodė du maži
kaukai, pasirengę dirbti. Pamatę ant darbo stalo rūbus jie sustojo
nustebę. Kiek palaukę maži žmogučiai greitai juos apsirengė.

On the stroke of midnight the two little men appeared ready for work.
But when they saw the clothes they stopped and stared.
Then they quickly put them on.

Jie buvo tokie laimingi, kad net plojo rankutėmis –
klap, klap!
Jie buvo tokie laimingi, kad net trepsėjo kojelėmis –
tap, tap!
Jie šoko iš džiaugsmo, iš pradžių parduotuvėje, po to už
parduotuvės durų, ir kur jie dingo po to niekas nežino.

They were so happy they clapped their hands - clap clap!
They were so happy they tapped their feet - tap tap!
They danced around the shop and out of the door.
And where they went we'll never know.

Key Words

elves	kaukai	sewing	siuvimas, siuvinys
shoemaker	batsiuvys	making	gamyba, gaminimas
wife	žmona	gorgeous	prašmatnus, nuostabus
shop	parduotuvė	price	kaina
fashions	mados	money	pinigai
shoe	batas	cut out	iškirpo, sukirpo
shoes	batai	stitch	dygsnis
poor	neturtingas	day	diena
leather	oda	morning	rytas
pair	pora	evening	vakaras
workbench	darbo stalas	nights	naktys

Svarbūs žodžiai

midnight	vidurnaktis	clapped	plojo
stay up	neiti miegoti	tapped	trepsėjo
hammered	kalė	danced	šoko
rags	skarmalai		
cold	šaltas, sušalęs		
bare	plikas, nuogas, basas		
soles	padai		
knitted	mezgė		
jumper	megztinis		
trousers	kelnės		
socks	kojinės		

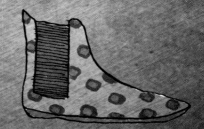

The books on this page have been Pen enabled.
Please touch the Pen to the left hand corner of the page for further information on language availability or visit www.mantralingua.com

TalkingPEN™

علي بابا والاربعين حرامي

Ali Baba and the Forty Thieves

Enebor Attard
Richard Holland

Arabic & English

Неужели опять, Красная Шапочка!

Not Again, Red Riding Hood!

Kate Clynes & Louise Daykin

Russian & English

Ricitos de Oro y los tres ositos

Goldilocks and the Three Bears

Kate Clynes
Louise Daykin

Spanish & English

LA PETITE POULE ROUGE ET LES GRAINS DE BLE

The Little Red Hen and the **Grains** of **Wheat**

L. R. Hen
Jago

LION FABLES
by JAN ORMEROD

三隻山羊加菲

The Three Billy Goats Gruff

Henriette Barkow
Illustrated by Richard Johnson

Chinese & English

اللفتة العملاقة

The Giant Turnip

Adapted by Henriette Barkow
Illustrated by Richard Johnson

Arabic & English

Beowulf

Adapted by Henriette Barkow
Illustrated by Alan Down

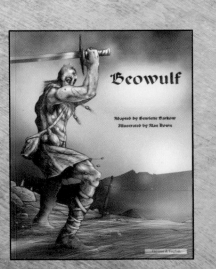

The Children of Lir

Dawn Casey & Diana Mayo

흔들 근들 이

THE WIBBLY WOBBLY TOOTH

David Mills & Julia Crouth

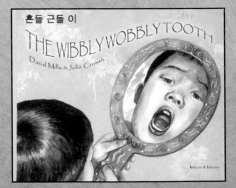

Korean & English